Mein Weg im Islam

Andrea Mohamed Hamroune

Auflage 2/ April 2018
Assira- Verlag, Offenbach
Cover: 123rf, Elena Pimonova
Herstellung und Verlag:
BoD- Books on Demand, Norderstedt
ISBN: 978-3-7431-8987-4

Inhaltsverzeichnis

Vorwort	6
Islam in Deutschland	7
Wieso bin ich Muslima?	15
Der erste Weg	23
Der Abschied und meine Gebete	37
Das Abenteuer mit einem wundervollen Buch	51
Meine erste Prüfung	61
Ein neuer Weg gab Besserung	68

Vorwort

Islam ist die Wahrheit. Das ist schon mal sicher. Also.. wenn Islam die Wahrheit ist und ich mich für eine Muslima halte, dann werde ich meine Geschichte auch so erzählen, wie sich zugetragen hat.

Islam in Deutschland

Ob es den Islam in Deutschland überhaupt gibt, das ist die erste Frage.
Ich finde eher, dass Deutschland multikulturell ist und auf jeden Fall nicht gottesfürchtig.
Hier läuft so einiges an Religion rum. Sogar das Heidentum ist göttlich inspiriert. Eigentlich eher ausgedacht, aber überzeugt ausgedacht.
Wie kann man denn auch als Christ Weihnachten feiern und gleichzeitig wissen, dass es den Weihnachtsmann überhaupt nicht gibt? „Glaubst Du an den Weihnachtsmann?"
Die Frage war aber eher sinnfrei und rhetorisch gemeint.
Genauso die Geschichte mit dem Osterhasen.
„Glaubst Du an den Osterhasen?"
Hmm... das ist der Hase, der bunte Schokoeier versteckt. Ja ne is klar.
Es gibt so viele christliche Feiertage und ich hab keine Ahnung warum. Feiert man im Christentum nur seine Religion, um einen Tag mehr frei zu haben oder um Feiertagszuschlag zu kassieren?
Da gibt es Katholiken und Protestanten und sonst noch was Christliches.

Ich bin wirklich erstaunt, wie viel unterschiedliche Konfessionen man aus einer Bibel bauen kann.

Das alte Testament steht auch in der Bibel. Das bedeutet ein Christ teilt seinen Glauben mit dem Judentum. Die fünf Bücher Moses sind definitiv ein Bestandteil des christlichen Glaubens.

Weiß der Christ das?

Im Quran wird der Prophet Moses am meisten erwähnt von allen anderen Propheten. Jesus hat eine eigene Sure im Quran mit dem Namen Sure Mariam. Eher gesagt, wird in Sure Mariam erzählt, dass die Jungfrau Maria ihren Sohn Jesus gebar.

Aber da seid mal nicht faul und lest einfach mal den Quran.

Ich frage mich gerade, wie man den Islam in Deutschland erlebt?

Islam ist auf jeden Fall kein Glaube, medial gesehen. Islam ist in erster Linie der IS. Dann ist es die Polizei, die mit einer Hundertschaft eine leere Moschee stürmt oder Wohnungen durchsucht. Durchsuchen ist da lieb ausgedrückt. Wohl eher und ganz bestimmt, gefilzt und durcheinander gewühlt. Alles, was irgendwie elektrisch an geht und nach EDV aussieht, wird eingezogen. Bücher, Videos, Handys, Touchpad, PC, Laptop und Geld.

Dann kommt noch so verrückter Idiot darauf mit einem LKW in den Weihnachtsmarkt zu fahren. Man findet den Ausweis und der Mann bekennt sich zum IS. Aber die Videos tauchen immer erst nach der Tat auf. Manchmal frag ich mich, ob der IS eine eigene Pressestelle hat, um sich dann nach dem Anschlag dazu zu bekennen.

So ganz sicher bin ich mir da nicht mit dem IS. Ich bin nicht Muslima geworden, um so ein hirnrissigen Scheiß zu verzapfen. Wenn irgend jemand mal Zeit hat und ehrlich Lust, dann soll er mir mal erklären, was das soll mit dem IS und was der Islam damit zu tun hat.

Ich hab es nicht verstanden.

Auch mit dem Thema Syrien bin ich mir nicht einig.

Wieso ist das schlimm, wenn zu uns Menschen kommen und wir sie unterstützen? Ist der Flüchtling kein Mensch oder ist das Wort Flüchtling eine Beleidigung?

Ganz in der Nähe von uns, so ca. 7 km oder weniger entfernt, ist ein Flüchtlingsheim. In diesem Flüchtlingsheim sollen 1000 oder mehr Flüchtlin-

ge untergebracht sein.
Wo sind die eigentlich?
Bin ich blind? Ich seh immer nur Menschen, aber ein Flüchtling ist mir noch nie begegnet. Vielleicht sollten wir mal Stufe II bilden. Unter Stufe II stell ich mir eine Armbinde vor, auf der das Herkunftsland steht, um klar zu definieren, dass er ein Ausländer ist.
So viel zum Thema: Deutschland diskriminiert keine Menschen auf Grund ihrer religiösen Überzeugung und Herkunft.
Rechtsradikal nennt man sowas.
Habt ihr nach Hitler nichts gelernt oder seid ihr im Geschichtsunterricht immer nur auf dem Klo gewesen?
Aber was bedeutet Islam in Deutschland noch?
<u>Scharia.</u>
Um Gottes Willen.
Deutschland ist tot. Alle Ehebrecher bitte vortreten. Mann und Frau. Ladies first spielt keine Rolle. Denn im Islam sind Frau und Mann in ihren Rechten und Pflichten gleichgestellt.
Steinigung.... Ääääh? Wo krieg ich jetzt so viel Steine her bei so viel Schuldigen?
Und dann ganz ganz wichtig: <u>Die Staatsgewalt in Bezug auf Drogen und Prostitution.</u>

Hhhhh. Ihr seid so lustig und vor allen Dingen so drastisch bei der Durchsetzung eines Verbots.
In Deutschland ist es kein Problem von Amtswegen einen Swingerclub zu eröffnen.
Bordelle und Clubs. Alkohol und Drogen. Harte Drogen. Alles, was ich mir nicht vorstellen will.
Da eine Razzia... ist klar, was ich finde.
Aber macht mal weiter. Die Scharia gibt es in Deutschland nicht. Denn würde es sie geben, dann wäre so was indiskutabel. Ich geb der Polizei, wenn sie es wirklich durchzieht, einen Tag. Dann hat sich das. Das meinte ich ernst jetzt.
<u>Das Kopftuch.</u>
Das trägt man als Muslima. Es ist ein offenes Bekenntnis zum Islam. Ein Stück Stoff.
Da sagt doch der Deutsche: „Muslimische Frauen bekommen keinen Arbeitsplatz und dürfen nicht Lehrer sein und in die Politik."
Also im Islam ist es nicht verboten, zu arbeiten als Frau. Eine Frau darf sogar Gynäkologin sein. Und um so besser: Wieso bilden sich die Männer eigentlich ein, jeder Frau den nackigen Schritt observieren zu dürfen? Ich finde das krass.
Eine Frau als Gynäkologin ist viel besser.
Und natürlich können Frauen auch Lehrerinnen sein. Es geht hier um die Frau und um ihr Kön-

nen und nicht um ihr Haar. Respekt ohne Sexualisierung nennt man das.

Zeig als Frau, was Du kannst und wer Du bist.

Wieso braucht man da Freizügigkeit?

Also, wenn der Islam der Frau so etwas alles nicht verbietet, warum dann der Deutsche?

Und er besteht da sogar drauf.

<u>Ramadan.</u>

Oh mein Gott. Ich verhunger jetzt schon.

Von früh morgens bis nach Sonnenuntergang nichts essen und nichts trinken.

Wann beginnt Sonnenuntergang jetzt wirklich?

Muss es so ein bisschen dunkel sein oder eher doch mehr als ein bisschen? So in Richtung Nacht.

Ich weiß nur, dass der Prophet Muhammad, Friede und Segen auf ihn, einem Hadith gesagt hat, man soll eher als wie möglich anfangen zu essen.

„Hey, Ihr Ungläubigen Ich lade Euch zum Fastenbrechen ein."

Die Ungläubigen lassen sich gerne dazu einladen, nur ohne gefastet zu haben vorher.

Aber hätte eh nichts genutzt. Denn das Fasten wird nur von einem Muslim von Gott angenommen.

Wenn wir uns kulturell annähern wollen, dann

geht es so wohl kaum.

<u>Imame.</u>

Der Imam wird, egal was er sagt , immer als Hassprediger bezeichnet.

Warum eigentlich?

Ein Imam hasst es nicht zu predigen. Ich finde noch nicht mal, dass Imame predigen. Imame erklären alles, was im Islam wichtig ist. Prediger sind für mich Pastoren oder Pfarrer, die von der Kanzel geschwollen zu der Gemeinde herunter übertrieben reden.

Vielleicht wollen Christen den Gottesdienst auch feiern.

Nee. Ein Imam ist ein korrekter Bruder. Der hat studiert und Ahnung. Alhamdullilahi.

<u>Ethikunterricht.</u>

Vor sehr lange her hab ich von meinem Neffen mal einen Zettel gelesen über den Islam.

Thema war: Der Glaube, das Gebet, Zakat, Ramadan und Hadsch. Dann sollte man noch ankreuzen, was ein Muslim essen darf. Es ging dabei um das Verbot des Verzehrs von Schweinefleisch.

Ist das irgendwie ein Problem, das ganze religiös zu begründen?

Im Islam muss man die Quellen hinzuziehen, um

Recht zu sprechen. Anders wird das garnicht angenommen. Die Quelle ist Quran und Sunna unter Hinzunahme der Rechtsschulen. Ich geb zu, so mal kurz über den Daumen gepeilt, ist das zu kompliziert.

Deswegen wäre es von Vorteil damit anzufangen, woran ein Muslim glaubt und überhaupt mal eine Definition zu finden, für das Wort Islam und Muslim.

Ich finde das ganze zu flach. Sicherlich, man hat nicht unbegrenzt Zeit, um alles zu erklären. Aber.... Ich glaube, es ist besser auf den Ethikunterricht zu verzichten und den Islam als Religionsfach einzuführen. Islam ist eine Weltreligion und je besser man die Religion versteht, je besser kann man unterscheiden. Terrorismus hat im Islam nichts zu suchen. Er ist da überhaupt nicht zu finden.

Wieso bin ich Muslima?

Islam ist in Deutschland eine indoktrinierte Zwangskonversion. Jedenfalls hat der Islam den Ruf danach. Islam ist eigentlich auch nicht das richtige Wort für Deutschland.
In Deutschland gebraucht man für alles unverständliche und paradoxe ein Unwort.
<u>Fangen wir mal an mit „Salafist".</u>
Das Wort Salaf bedeutet aus dem Arabischen ins Deutsche übersetzt Vorfahre.
Wenn man von den Vorfahren spricht, dann mein der Muslim damit die Auswanderer (arab. Muhadschirun) aus Mekka und die Helfer (arab. Ansar) aus Medina. Zusammengefasst sind das die Begleiter der Propheten Muhammad, Friede und Segen auf ihn. Jeder Mensch, der dem Propheten, ob nun kurz oder über längere Zeit, begegnet ist, ist eine Sahaba. Dementsprechend ist der Begleiter der Sahaba. Die Nachfolgende Generation sind die Tabiun. Danach kommen die Atba- Tabiin.
Diese Muslime waren die Überlieferer der Hadithe. Hadithe sind mündliche Überlieferungen über das, was der Prophet Muhammad, Friede und Segen auf ihn, gesagt, gemacht oder still-

schweigend gebilligt hat. Ein Hadith ist die gesprochene Sunna.
Spätestens jetzt, wenn man das verstanden hat, funktioniert das Wort Salafist nicht mehr.

<u>Islamist</u>
Also als Unwort, um es tatsächlich sachlich zu diffamieren und den Willen dazu auch wirklich übermitteln zu können, bin ich dafür, es anders zu schreiben. Islammist.
Besser, oder immer noch nicht abstrakt genug?

<u>Radikaler Muslim</u>
Sowas gibt es nicht. Ein Muslim ist ein Muslim. Es gibt so viele Does und Don´ts im Islam, dass es wirklich schwer ist, sich an alle Gesetzte zu halten. Zu mal man nicht alle Bedingungen erfüllen kann. Wissen macht Aaah.
Man muss es halt umsetzen können.
Ein schlauer Gelehrter hat mal gesagt. „Entweder man hält sich an die Gesetze oder man tut es nicht!"
Wenn unser Prophet Muhammad, Friede und Segen auf ihn, noch auf der Welt wäre, würde er bestimmt über sowas lachen. Weil Islam ist bekannt und Muslim auch.
Aber so what, wenn wir schon mal dabei sind:
„Islam bedeutet Gottergebenheit. Muslim ist das

Partizip Aktiv dazu. Damit meint man den gottergebenen Menschen".
Im Arabischen sagt man vom Stamm her aslama. Das bedeutet „sich hingeben, sich ergeben, sich unterwerfen".

Aber da gibt es noch mehr, was Probleme macht: Das ist das Unverständnis und die Generalverweigerung des Deutschen sich einem göttlichen Gesetz zu unterwerfen. Das bedeutet, wir haben in Deutschland das Problem nicht umgangsfähig zu sein mit fundamentalen Grundlagen.
<u>Islamischer Fundamentalismus</u>
Wieder so ein fieses Wort. Aber auch hier wieder nur, weil man sich nie damit wirklich befasst hat.
Das Fundament der Scharia (ups) ist der Quran und die Sunna.
Aus diesen Quellen entnimmt der Muslim den Ritus. Natürlich vergleicht man dabei die Rechtsschulen, um wirklich auch die stärkste Meinung der Rechtssprechung vertreten zu können.
In der Scharia ist geregelt, was der Muslim darf und nicht. Gebote und Verbote und auch Strafen,.
Ja Strafen!
Nur ist das Ganze so komplex, dass ich das Ge-

fühl habe, dem so kurz nicht gerecht werden zu können. Deswegen, und keine Angst bitte, nimmt Euch den Quran mal in die Hand und macht ein Hadith- Buch auf. Sahih Muslim oder so.

Nicht umsonst ist die erste Offenbarung im Quran: „Lies im Namen Deines Herrn".

Lesen und Schreiben zu können, sind übrigens die Grundvoraussetzungen, um aktiv bildungsfähig zu sein. Natürlich bedeutet lesen und schreiben zu können auch, etwas zu können. Nur wenn man danach den Kopf zu macht, dann reicht es nur für einen Vertrag bei der Telekom.

Ist so. Aber nichts gegen die Telekom. Das ist meine Lieblingstelefongesellschaft.

Aber ich wollte eigentlich erzählen, warum ich Muslima bin.

Islam ist die Wahrheit. Und wenn Islam die Wahrheit ist, dann werde ich auch nur die Wahrheit vertreten in diesem Buch. Ich denke nicht, dass ich wirklich fähig bin, die Wahrheit zu sagen.

Das liegt daran, dass ich nicht alles weiß und nicht alles verstehe und weil ich nicht der Urheber bin, oder der Erhabene über alle Angelegenheiten, der Kenner des Schicksals im Zusammenhang des Ganzen. Ich bin zu unvollkommen dazu.

Es gibt nur einen Gott, der das kann. Dieser Gott hat 99 Namen, die zusammen gelegt seine Vollkommenheit beschreiben. Der Prophet Muhammad, Friede und Segen auf ihn, hat gesagt, wenn man alle diese Eigenschaften auswendig kennt, dann bekommt man einen Platz im Paradies.

Ich bin da nicht so mit Kenntnis beladen. Deswegen schreibe ich jetzt mal ein paar raus:
- Gott ist der Bewusste, der Kundige
- Gott ist der Liebende
- Gott ist der ewig Lebende
- Gott ist der Führer zum rechten Weg
- Gott ist der Geduldige, der Standhafte

Das waren fünf. Ich brauche also noch 94 Namen mehr, die ich in Perfektion zusammenhangsfähig beherrschen müsste, um einhundert Prozent „Der Wahrhaftige" zu sein.

Jedes Wort im Quran ist die Wahrheit, jeder Buchstabe ist eine göttliche Offenbarung. Alles ist richtig. Mir kommt gerade etwas die Erkenntnis meiner Unfähigkeit.

Ich möchte jetzt nicht einen Satz aus dem Quran raussuchen um beispielhaft zu sein. Denn ich befürchte sonst mich allen anderen Sätzen gegenüber respektlos zu verhalten.

Wenn man die Schahada aussprechen will, gehört noch der zweite Part dazu.

Das ist die Bekenntnis des wahrhaftigen Glaubens den Propheten Muhammad, Friede und Segen auf ihn, als Propheten anzunehmen und ihm in seiner Vorbildlichkeit zu folgen. Er ist der letzte Prophet und beendet die Gesamtheit der Prophetenschaft.

Der Prophet Muhammad, Friede und Segen auf ihn, war wie jeder Mensch. Er war sterblich, er wurde geliebt, er wurde gehasst, er wurde verfolgt, er wurde beschimpft, ihm wurde Gewalt angedroht. Er war ein Lehrer, er war ein Freund, er war ein Vorbeter, er war ein Religionslehrer, er war der Verkünder des Quran, er war ein Kriegsführer, ein Politiker und ein Ehemann.

Nun, er war der Mensch mit dem vollkommensten Charakter. Man nannte ihn auch Al Amin-den Vertrauenswürdigen.

Woher ich das alles weiß?

Ich hab es geprüft. Ich hab mich ehrlich damit beschäftigt und ich habe alhamdullilahi ein paar wundervolle Menschen gehabt, die mich dabei begleitet haben, um alles auch wirklich gut verstehen zu können. Die erste Motivationsgrundla-

ge war, mich unabhängig von einem Menschen zu machen, der den Islam nicht dazu benutzt, einen Freiraum zu schaffen für das Erlaubte, sondern eine Person ist, die den Islam dazu benutzt, alles und jeden mit der Religion in den Dreck zu ziehen.
Ich spreche hier von meinem Ehemann.
Sein Lieblingswort ist Kafir (Ungläubiger), danach kommt Rassismus und später noch „Du hast keine Ahnung".
Egal, wie ich die Bücher wälze oder mich versuche zu verbalisieren, ich geh immer als Depp vom Platz. Die Diskussion wird nach fünf Minuten mit schlechtem Benehmen, Beleidigungen und Lügen beendet. Zu Hause bin ich nicht aktiv fähig, meine Religion offen zu lernen und mit Kenntnis zu bereichern. Sobald irgend etwas nach Bildung aussieht oder unter Beweislast zu bringen ist, verweigert mein Mann das Gespräch. Er ist unangefochten, der Muslim, der als Muslim geboren wurde und auch in der Abstammung muslimisch ist. Islam ist Tradition und steht immer unter dem Fokus so sein zu müssen, wie es die Familie sieht oder das Land, in dem er aufgewachsen ist. Dabei kann man ganz viel recht haben, aber auch genauso gut, oft danebenliegen.

Und genau da liegt das Problem: Ich bin christlich aufgewachsen. Ich kannte den Islam nur vom Wort und war sozusagen „medienversaut". Ich hatte einen Koffer getragen. In dem Koffer waren schlimme Bilder von Steinigungen, abgehackte Hände, der Krieg in Gaza, Hassprediger, der IS, oder anders noch: Usama Bin Laden und Al Qaida. Die Taliban. Dann der Terror in Algerien. Selbstmordattentäter. Das sah nicht wie eine Religion aus, sondern es machte mir Angst.
Islam war die Angst vor Unterdrückung, die Angst der Unfreiheit, die Angst auf Verzicht der Freiheit, alles machen zu dürfen, was ich dachte, es wäre richtig für mich.
Im Islam ist so viel verboten. Ich sah nur Verbote, aber nie woran ein Muslim glaubt.
Es war nur Ramadan und Hadsch. Mekka fand ich schon immer cool.
Ein Platz nur für DIE Gläubigen. So wunderschön mit der Kaaba. Ich würde da auch gerne mal hin. Ich glaube nicht, dass ich das mal schaffe.
Aber so lange ich lebe, habe ich noch Zeit. Inschallah.

Der erste Weg

Ich beginne meine Geschichte mit meinem 29. Geburtstag. Es war im Jahr 2000. An diesem Tag schien die Sonne und ich saß mit ein paar Nachbarn im Garten. Wir hatten vor uns etwas Alkohol zu gönnen an dem Tag. Ich weiß aber nicht mehr, was ich da getrunken hatte. Ich wohnte in einem Haus, in dem viele kleine Zimmer waren. So eine Art WG mit Gemeinschaftsbad. Jedes Zimmer hatte einen Miniherd und ein Abwasch. Ein Tisch, ein Stuhl, ein Bett und ein Kleiderschrank.
Zu der Zeit arbeite ich im Steigenberger Airport Hotel im Restaurant Unterschweinstiege als stellvertretende Stationskellnerin. Ich hatte dazu noch eine kleine Wohnung in meiner Heimatstadt Uelzen.
An diesem Tag kam ein sehr attraktiver Mann zu uns. Er hatte einen leichten französischen Akzent, trug eine schwarze lange Lederhose und ein weißes T-Shirt. Ich fand diesen Mann sehr nett und sehr sexy. Der Nachmittag ging, es wurde Abend, die Nacht brach herein. Wir hatten alle mein Geburtstag gefeiert und waren ganz gut angeheitert.

An diesem Abend, so ca. 5 Stunden nachdem ich diesen Mann das erste Mal gesehen hatte, hatte ich mit ihm das erste Mal Sex. Mit diesem Mann bin ich jetzt seit 2007 verheiratet und habe fünf Kinder. Ich werde das erste Mal mit ihm nie vergessen. Ich weiß heute noch, wie es sich angefühlt hatte und wie es dazu kam. Ich weiß auch noch wie wir es gemacht hatten.

Von da an, waren wir zusammen. Mein Mann war zu dem Zeitpunkt noch verheiratet, lebte aber getrennt und hatte keine verbindende Liebe mehr zu dieser Frau. Er hatte sich unsterblich in mich verliebt und diese Frau damit vergessen. Wir konnten die Finger nicht von einander lassen. Ich weiß nicht, wie oft man am Tag Sex haben kann, wenn man verliebt ist. Ich denke so ca. bis zum Gehtnichtmehr. Egal wo, egal wie und am besten Tag und Nacht. Vor dem Frühstück und danach.

Das ist die schönste Zeit.

Mein Mann wohnte auch in so einer WG in Kelsterbach und arbeitete als Verpacker in Frankfurt.

Der Arme hatte seine Klamotten in der Tasche und irgendwie saubere Wäsche und benutzte im Durcheinander. Ich hab alles mitgenommen und in die Waschmaschine gesteckt.

Etwas später ist er zu mir gezogen. Jetzt lebten wir zu zweit in einem Zimmer. Er musste früh raus und ich arbeitete bis spät in die Nacht. Er hatte meinen Rhythmus gestört und daher hatte ich auf der Arbeit immer den Drang um 22:00 Uhr spätestens schlafen zu gehen.

Durch meinen Job ging das natürlich nicht.

Das Hotel wollte sanieren und damit wurden auch viele Mitarbeiter entlassen. Ich glaube nur noch 30% der Belegschaft blieb in dieser Zeit für das Hotel übrig.

Im April war ich somit arbeitslos. Ich kündigte meine Wohnung in Uelzen und ich und mein Mann zogen in eine 2-Zimmer-Wohnung. Im November 2001 kam meine erste Tochter auf die Welt. Bereits während der Schwangerschaft hörte ich auf zu rauchen, da ich keine Luft mehr bekam und Alkohol war sowieso indiskutabel.

Wir waren zu der Zeit sehr weit vom Islam entfernt. Mein Mann war Muslim auf Grund seiner Herkunft. Ich war eine deutsche Christin. Jedenfalls war ich eine Frau, die sehr gerne Ostern und Weihnachten feierte. Der Islam kam für mich gar nicht in Frage. Ich hatte den Islam abgelehnt und wollte nie etwas damit zu tun haben. Und Kopftuch ging schon mal garnicht.

Im Jahr 2005 kam meine zweite Tochter auf die Welt. 2007 bekam ich noch einen Sohn und ab da ungefähr fing auch alles an mit dem Islam.

Der Bruder meines Mannes zog nach Offenbach. In diesem Jahr fastete mein Mann das erste Mal an Ramadan und er fing auch an zu beten. Mich hat das nicht gestört. „Mach mal hin!"

Dann irgendwie kam er darauf, ich sollte mir meine Wurst nur noch vom Türken holen, damit sie auch halal war und sicher ohne Schweinefleisch. Auch gut. Immer noch kein Problem für mich.

Dann irgendwann waren die Kinder alt genug, um die Arabische-Schule zu besuchen. Meine erste Tochter und mein Neffe mussten dahin gehen.

Das erste Jahr gingen sie mit ausgezeichnetem Zeugnis raus und danach waren sie nur noch schlecht. Zu Hause kam nie ein Wort zur Sprache vom Unterrichtsinhalt. Die Kinder gingen dahin und kamen wieder mit dem gleichen Ergebnis zurück. Mit null rein und mit null raus.

So sinnlos wurde ich noch nie fürs Geldausgeben verarscht. Naja, wohl nicht ich, sondern mein Mann. Das aber mit Begeisterung und gegen den Strich der Kinder. Islamischer Unterrichtszwang.

Dann mussten die Kinder anfangen mitzubeten. Mein Mann schrie sie an: „Habt Ihr Wu´du?" Die Kinder verstanden das garnicht. Mein Mann machte den Adhan, danach die Iqama und dann wurden die Kinder islamisch korrekt platziert. Die Jungs neben meinen Mann und die Mädchen eine Reihe dahinter. Jedes Mal, wenn das Gebet zu ende war und mein Mann den Taslim gesprochen hatte, ging er auf die Kinder los. „Du hast Dich bewegt. Du hast gelacht. Du hast gespielt. Du hast gezappelt!" Danach kam die Androhung von Schlägen und überhaupt, es war alles unangenehm. Die Kinder fingen auch so an. Kurz nach dem Taslim diskutierten sie Fehler aus.
Keine Liebe zum Gebet und keine Demut vor Gott. Ich fand diese Situation einfach nur scheußlich.
Beten gehört wohl zur Fitra eines Muslim? Egal warum, wenn der Gebetskalender die Uhrzeit angibt, dann wird gebetet. Die Kinder brauchen an nichts zu glauben. Beten allein reicht schon.
Dann immer die Frage: „Hast Du gebetet?"
Die erste Frage meines Mannes, ohne Salam alaikum vorher. Gott fragt zuerst nach den Gebeten, also tut er es auch. Ich hab ihn mal gefragt, was das Wort Aqida bedeutet und bekam keine Ant-

wort. Er weiß es nicht.
Die Situation wurde für mich unerträglich. Ich wollte diese Strafe nicht mehr für meine Kinder. Ich hab nichts gegen beten, aber wo ist die Liebe zur Religion? Wo ist der Glaube?
Die Kinder taten mir sehr leid.
In dieser Zeit habe ich das erste Mal nach Hilfe gesucht. Ich hab nach einer Möglichkeit gesucht, den Kindern die Religion zugänglicher zu machen. Ich dachte durch Bücher, fand dann aber eine Internetseite mit Hörbüchern für Kinder. www.lilatfal.de war gerade im Aufbau. Die ersten Audios wurden langsam hoch geladen. Durch irgendeine Idee, bin darauf gekommen, da mal anzurufen. Baschschar Masri. Ich war sehr erstaunt wie anders sich doch eine Stimme anhört, wenn sie nicht unter Aufnahme steht. Ich habe die Stimmer erkannt und war verwundert.
Wir redeten eine Weile und dann verabredete er mit mir, mir Flyer als Werbung zuzuschicken. Ich habe immer noch welche da.
So nach und nach kamen immer mehr Audios dazu. Ich lud sie mir alle runter und brannte sie mir auf CD. Irgendwie bin ich dann schriftlich in Kontakt gekommen mit Bruder Baschschar. Ich hab ihm immer mein Leid erzählt. Er hat mir viel

geholfen und mir immer alles sehr geduldig erklärt und auch doppelt und dreifach, wenn es sein musste.

Er ist ein sehr aufrichtiger und geduldiger Mensch. Er liebt die Wahrheit und vertritt sie in Liebe und Demut zur Religion. Er ist auch sehr gebildet und kann gut referieren.

Ich habe ihm immer gerne zugehört.

Er hat die Sira aufgenommen. Ich hab aber nicht viel verstanden bei der Geschichte. Die Sira ist sehr komplex und auch, wenn man sie kindgerecht erzählt, muss man gut zuhören und aufpassen.

Irgendwann hat er dann mit Fiqh alibada angefangen. „Das Verstehen einer gottesdienstlichen Handlung" heißt das übersetzt.

Er fing an mit dem Glauben und erklärte die Bedingungen der Gültigkeit der Schahada. Damit zu ende, war das Buch der Reinheit dran. Ich habe die ganze Zeit zugehört und ihm Fragen gestellt, wenn ich etwas nicht verstanden hatte. Bruder Baschschar stand mir sehr zur Seite.

Irgendwie komm ich beim Schreiben immer auf merkwürdige Ideen.

Ich weiß noch: „Ganz großes Thema!!!"

* Du sollst nicht in Richtung Qibla pinkeln.

* Den Fuqaha ist es egal, ob Du Löcher in den Socken hast beim Beten oder Al Mash.

Ich fand das Klasse. Wer zum Geier denkt beim Beten an Pinkeln? Das war wohl für Vollpfosten, die aufpassen sollen, was sie wo tun. So Selbstreflektion bei jedem Handlungsbedarf.
Ich hab auch meine Toilette gecheckt danach. Sie ist okay platziert. Ich pinkel definitiv nicht in Richtung Qibla.
Und dass mit den Socken und den Fuqaha: Denen können Löcher in den Socken egal sein, mir sind sie es nicht.

Das ist der Grund warum ich den Propheten Muhammad, Friede und Segen auf ihn, so liebe. Er hat es drauf. Ich finde den total lustig. Aber man muss mutig sein, seine Hand nehmen und ihm folgen. Ich hab es ausprobiert und es nie bereut. Egal, was ich gefunden habe.
In dieser Zeit habe ich mir auch das Riyadus Salihin vorgenommen. Ich hatte das Buch zuerst verbannt. Ich hab nicht verstanden, warum ich wissen muss, was, wer mit wem erzählt.. Mir sind andere Leute egal. Ich werde nie jemanden fragen, was er macht oder wo er her kommt. Ich

mag sowas nicht. Es dauert sehr lange bis ich mich auf eine Person einlasse.

Irgendwie kam Bruder Baschschar auf die Idee, das Thema zu wechseln.
Aber nur mit mir. Der Unterricht lief normal nebenher weiter.
Er sagte, ich müsste seine Fragen nur mit ja oder nein beantworten. In der Zwischenzeit fing ich auch an, den Quran zu lesen. Ich hatte nichts verstanden. Ich weiß nur, dass ich einmal eingeschlafen bin und das Gefühl hatte mit meiner Seele einen Meter über dem Bett zu schweben.
Dann las ich einmal den Quran und sah im Schlaf direkt in die Hölle. Ich sah ein unbeschreibliches Gesicht. Es war widerlich, grenzenlos widerlich und abartig.
Immer, wenn ich was nicht verstanden habe, habe ich Bruder Baschschar gefragt. Er hat mir alles erklärt und stand mir zur Seite.
Er fragte mich, ob ich an Gott glaube.
Er fragte mich, ob ich an die Bücher glaube.
Er fragte mich, ob ich an alle Propheten glaube.
Er fragte mich, ob ich an die Engel glaube.
Er fragte mich, ob ich an das Schicksal glaube.
Er fragte mich, ob ich an den Tag der Auferste-

hung glaube.

Ich wusste nicht immer, worauf er hinaus wollte. Weil man kann nicht einfach nur ja sagen. Man muss das auch begründen.
Schlussendlich kamen wir dann darauf und er sagte: „Wenn Du es wirklich willst, dann frag doch Gott. Gott hat noch keinen Menschen im Stich gelassen, der aufrichtig nach der Wahrheit sucht."

Ich fand die Idee nicht schlecht. Nur, wie soll ich Gott prüfen? Ich werde jetzt bestimmt keinen Mist bauen, wo es garantiert ist, dass ich Ärger kriege.
Was also machen?
„Okay", sagte ich mir. „Wenn der Quran das wahre Wort Gottes ist und der Islam die Wahrheit, dann sprich die Wahrheit zu mir." Das war eine direkte Ansage an den Quran.
Wenn im Quran die Wahrheit hat, dann gib sie mir auch.
Ich sagte mir, irgendeine Seite soll es sein. Irgendeine Aya und irgendeine Sure. Ich schlug das Buch einfach blind auf und nahm das, was ich zuerst las, als meine erste Wahrheit.

Die Wahrheit las sich wie folgt:

„Diejenigen, die glauben und gottesfürchtig sind. Für sie ist die Botschaft im diesseitigen Leben und im Jenseits. Keine Änderung gibt es für diese Worte. Das ist der größte Erfolg. Ihre Worte sollen Dich nicht traurig machen. Gewiss, alle Macht gehört Allah. Er ist der Allhöhrende und der Allwissende"
(Quran 10:63-64)

Das war nicht so ganz einfach für mich. Ich habe die Worte selbst erstmal entschlüsselt.

***

Gott gibt die Botschaft an die Gläubigen und Gottesfürchtigen. Es gibt das Diesseits und das Jenseits. Seine Worte werden sich niemals ändern. Der Glaube soll mich glücklich machen. Gott hat zu allem die Macht. Das ist sein Erfolg.
***
Das liest sich so wie ein Schwur von Gott, dass er mich wirklich nicht anlügt. Es ist wahr.
Ich fand das unglaublich. Dann hab ich mir einen Tafsir geholt und darin stand:
Ich bin ein besonderer Schützling Allahs. Kara-

ma nennt man das auf Arabisch.

Von da an glaubte ich Gott jedes Wort und ich schwor ihm meine Treue.

Das hat aber noch nicht gereicht. Islam und ich, das ging nicht. Ich wollte den Islam nicht, von ganzem Herzen und mit aller Macht. Ich hatte keine Zweifel an der Prophetie Muhammads, Friede und Segen auf ihn, lehnte die Konversion aber trotzdem noch ab.

Bruder Baschschar beendete das Buch der Reinheit und kam dann zum Buch des Gebets.
Ich hatte die Aqida, kannte die Bedingung für die Gültigkeit der Schahada und wusste auch, wie man sich für ein Gebet zur Reinheit vorbereitet. Ich hatte alles mitgemacht.
Und nun sollte ich beten! Ich und beten. Das geht schon mal garnicht. Ich war entsetzt und fassungslos. Ich hab mich tierisch aufgeregt. Ich schrieb Bruder Baschschar: „Weißt Du überhaupt wie das aussieht, wie sich das anfühlt und wie das geht? Das ist bescheuert."
Dann sagte ich weiter: „Warte, warte, ich guck meinem Mann zu und berichte Dir."

Ich beobachte also meinen Mann und verstand nichts. Ich wusste nicht, was er sagte. Ich wusste nicht, was er machte und mitschreiben, um es Bruder Baschschar zu übermitteln, konnte ich schon erst recht nicht. Dummes Zeug das.

„Okay", dachte ich mir. „Wenn das so ist, dann probier ich es selber aus."

Ich musste noch drei Tage warten, denn ich menstruierte zu der Zeit. Ich überlegte und hatte Angst.

Aber ich hörte in mir immer eine Stimme: „Hab keine Angst, Andrea. Alle ist gut. Es ist die Wahrheit. Ich hab sie Dir geschworen."

Am Montag war es dann so weit. Ich ging duschen, vollzog den Wu`du und bat meinen Mann mir die Schahada vorzusprechen.

Beim Beten war ich nur froh über das Allahu akbar, damit ich wusste, wann ich wieder hoch kommen konnte. Ich schrieb das Bruder Baschschar.

Er schrieb nicht viel:

„Allahu akbar, Allahu akbar, Allahu akbar"

Das war das Einzige und er sagte, er hätte geweint.

Ich selber hatte danach Angst den Märtyrertod sterben zu müssen. Mindestens drei Tage stand ich Todesängste aus. Es gibt da ein Hadith, in dem ein Sahaba vor einer Schlacht gebeten wurde, den Islam anzunehmen und zu beten. Der Mann sagte, er hätte es nicht nötig. In der Schlacht wurde er getötet und kam direkt in die Hölle.

Ich hatte so eine Angst, Gott beruft mich auch ab. Nur, dass ich nach meinem Tod nicht in die Hölle komme, sondern ins Paradies.

Ich brauchte drei Wochen, damit ich die Angst überstand, nicht sterben zu müssen.

Aber ich lebe immer noch und ja „Ich habe meinen Übertritt in den Islam überlebt".

Alhamdullilah

Bruder Baschschar hat danach aufgehört. Er ist mit seinem Vater in Hadsch gefahren und hat an der Kaaba und beim Tawaf für mich gebetet.

Der Abschied und meine Gebete

Es dauerte ungefähr einen Monat bis Bruder Baschschar wieder zurück war von der Hadsch. In dieser Zeit war ich das erste Mal wieder auf mich alleine gestellt und musste versuchen irgendwie zurecht zu kommen mit „Islam und ich".
Garnicht mal so einfach.
Ich wollte nun auch richtig anfangen zu beten und dachte, ich könnte mich an meinen Mann halten.
Leider war das nicht so. Er hat immer gearbeitet und war mal da und mal nicht da. Ich konnte höchstens zwei Mal am Tag beten, angesagt waren aber fünf mal.
Schon jetzt war klar, wenn ich auf meinen Mann warte, um meinen Tag hinzukriegen, passiert noch nicht mal die Hälfte. Wenn er dann mal da war, dann zog ich in den Kreis der Ungemach.
Da kam ich mit ins Rumgezeter und in den Strudel der offensichtlichen Diskredition, wenn man etwas falsch macht. Ich hab mich so elendig geschämt. Erstmal, weil ich das Opfer wurde von wirklich schlechtem Benehmen und dann auch wegen den Kindern. Das war so furchtbar.

„Habt Ihr Wu´du? Ich zähl bis zwei und dann seid Ihr da, sonst setzt es was!"
Oh mein Gott.
Dann kamen die Kinder nicht, sie standen falsch, die Klamotten waren zu kurz, das Kopftuch fehlte, die Teppiche waren irgendwo. Ein Chaos und ... das ist kein Gebet, sondern eine Folterung von Kindern. Mein Sohn sagte nach dem mein Mann den Adhan ausrief, die Iqama auf und wenn ich ihn fragte, was er gesagt hatte, dann wusste er es nicht.
„Die reden irgendwas und sollen dann vor ihren Worten Respekt haben und sogar ihrer Worte huldigen".
Irgendwann war mir das zu dumm und ich bin weg von dem Gesindel.
Zum Glück hatte mir Bruder Baschschar in weiser Vorausschau das Buch „Erlerne das Gebet" zugeschickt und ich konnte alhamdullilahi meinen Weg ohne diese .... fortsetzen.
Das war garnicht so einfach.
Ich musste lernen, was ich mache im Einklang mit dem, was ich sage, zu machen.
Dann konnte ich die arabische Umschrift nicht richtig lesen und bei Arabisch direkt, war ich zu unsicher. Ich habe einen Monat fünf Mal am Tag

mit Buch da gestanden, bis ich es so wenigstens ein bisschen drauf hatte. Niemand durfte in mein Zimmer rein. Auch jetzt nicht. Ich mag das nicht. Als ich damit sicher war, beten zu können, dachte ich mir, ich will auch mal in die Moschee gehen.

Nur leider kam mein Mann nie auf den Vorschlag. Der geht jeden Freitag in den Jumma, aber mal mit dem Kopf dabei, wohl so richtig nicht. Eher nur duschen, frische Klamotten und beinahe immer in letzter Minute raus aus der Bude. Wenn ich ihn fragte, was der Chatib erzählt hatte, kamen nur zwei Sätze dazu. Und das war schon viel.

Ich dachte, es ist verboten für Frauen in die Moschee zu gehen. Ich wusste aber, dass die Moschee, in der mein Mann ging, auch von Frauen besucht wird. Ich wusste nicht, was ich machen sollte. Da mein Mann auch sehr hinterm Berg hielt mit der Moschee, fühlte es sich sogar so an, als wäre da etwas, was nicht gut für mich war und ich nicht wissen durfte.

An einem Tag bin ich heimlich in den Bus gestiegen und schlich mich dann in die Moschee, die mein Mann auch besuchte. Ich wusste nur nicht wo der Eingang war. Zum Glück kamen da noch

andere Frauen und ich bin einfach hinterher. Ich hatte komplett keine Ahnung und setzte mich erstmal hin. Schuhe aus, rein in den Raum und Klappe zu. Ich saß eine ganze Weile da und schaute in die Runde. Dann kam der Adhan und der Imam irgendwann und sprach die Chutbah. Ich verstand leider nichts. Er sprach nur Arabisch. Später kam die Iqama. Das Gemeinschaftsgebet war mit zwei Rak`a beendet.
Ich ging dann.
Ich wusste garnicht, dass man sich so ein langes Teil anziehen muss. Abaya heißt das. Die Begrüßungsrak`a hab ich auch nicht gemacht. Erst später habe ich erfahren, dass es Sunna ist, am Freitag in der Treffzeit zu schweigen. Ich hab mich immer gewundert, warum da niemand miteinander redet. Überhaupt hatte ich keine Ahnung.
Ich fuhr mit dem Bus wieder zurück und tat so, als ob nichts gewesen wäre bei meinem Mann. Es kann sein, dass er mich gesehen hatte. Ich war mir aber nicht sicher.
Ich hatte Bruder Baschschar zwischendurch immer mal wieder kontaktiert und ihn gefragt, wie man Jumma macht. Mein Mann ist im Wissen der Geringstverteiler. Entweder er kann es nicht oder er kennt es nicht. Allahu alem.

So zog sich die Zeit hin. Bruder Baschschar war ein sehr aktiver Mann und hatte viele Projekte in Arbeit. Außerdem hatte er Familie. Irgendwann wurde ihm alles zu viel und er entschied sich mit allem etwas kürzer zu treten, damit er auch seiner Verantwortung als Papa und Ehemann besser gerecht werden konnte. Er hat leider aufgehört bei lilatfal weiter zu machen.

Das ist sehr schade. Er hatte eine ganz interessante Reihe mit „200 Fragen zur Aqida" angefangen und sie nicht vollendet. Auch hat er nicht den Unterricht von Fiqh alibada beendet. Eigentlich hätte dann noch Fiqh alsaum, Fiqh al zakat und Fiqh alhadsch kommen müssen.

So war das damals. Er verabschiedete sich von allen Schülern, wenn man uns so nennen darf, und schickte uns zu www.durus.de. Er empfahl uns den Imam als einen sehr fähigen Lehrer mit ausgezeichneten Kenntnissen. Ich kannte den Prediger nicht und dachte, er wäre wie Bruder Baschschar. Er war auch wie Bruder Baschschar.

Er ist ein sehr netter Mann, der Neil Bin Radhan. Es ist angenehm ihm zuzuhören. Er ist sehr charmant. Er ist strikt und wenn er will und richtig Lust hat, dann erklärt er nur durch ein Stichwort alles und macht daraus einen richtig tollen Vortrag. Ich war begeistert und gewohnt zu fragen. Ich hatte den Anspruch Neil Bin Radhan genauso für mich haben zu wollen wie Bruder Baschschar.

Ich sah mir die Homepage an und suchte mir die Vorträge raus, die noch fehlten, um Bruder Baschschars Werk durch die Vorträge von Neil Bin Radhan zu vollenden. Ich wollte dann irgendwann wissen, wer Neil Bin Radhan wirklich ist und sah mir seine Kurzbiografie auf der Homepage an.

Da kam ne ganze Latte von: Ich hab dies gelernt bei dem und dem.

Na Klasse. Ich kannte den nicht und den auch nicht und was er da gelernt hatte, verstand ich nicht. Imam oder was!!! Ja ne is klar.

Ich bin dann in Kontakt getreten und hab versucht mich mit einzuklinken. Einmal in den Paltalkunterricht und dann lud ich mir die Vorträge runter. Ich hab jeden Tag ganz viele Vorträge gehört und dann eine E-Mail geschickt, um Fragen zum Unterricht zu stellen. Es war zuerst etwas schwer angenommen zu werden, aber letztendlich hatte ich es geschafft.

Ich glaube, ich war bestimmt fast zwei Jahre am Ende mit durus. In dieser Zeit stellte ich an die

400 Fragen, ohne müde zu werden. Bei zwei von den Fragen hatte ich mich geschämt.

Frage eins war: Was ist der Unterschied zwischen Hadith und Ahadith?

Ich hatte echt keine Ahnung. Ich bekam die Antwort: Hadith ist Einzahl, Ahadith Mehrzahl.

Das war peinlich.

Der zweite Shame und der Schlimmste zugleich war: Was muss ein Imam lernen, um ein Imam zu sein?

- Ich hab das gefragt, wegen der Biografie auf der Homepage.

Ich musste dem Mann alles aus der Nase ziehen.

Ich bekam wie immer nur einen Satz. Hier kamen nur zwei Wörter. Ich fragte. „Und was noch?"

- „Ja, das und das." Das war doof.

Ich hab mich geärgert und recherchiert, wer Neil Bin Radhan wirklich ist.

Ich hab mich so an die Wand gelegt. Ich hab mich geschämt und alles auf der Welt.

Neil Bin Radhan ist Vorsitzender im „Hohen Rat der Gelehrten und Imame in Deutschland".

Dieser Mann darf sich nur nicht Gelehrter nennen, er kriegt ein Ausweis dafür.

Ich war so geschockt. Ich hab da erstmal eine

Mail hingeschickt und mich richtig ehrlich entschuldigt. Aber er war nicht böse und sagte wie immer nur kurz: „Ist schon gut. Es ist normal, dass man sich über jemanden Informationen einholt!"

Ich war so froh, dass er nicht sauer war auf mich. Aber wirklich. Sheik Neil bin Radhan ist ein sehr guter Redner. Aber wenn es ums Schriftliche geht, dann geht da nicht viel. Ein Satz oder ein Wort, das war`s.

Und wehe ich kam ins Schwätzen. Ich wurde gnadenlos sitzen gelassen.

Aber auch wenn ich manchmal sehr lange warten musste, ich bekam immer eine Antwort.

Einmal war es anders:

Ich stellte eine Frage und wurde nicht beachtet und sitzen gelassen.

Ich wartete lange. Ich wartete vier Wochen. In dieser Zeit ging ich weiterhin in die Moschee, in der der Chatib nur Arabisch sprach. In dieser Zeit habe ich das erste Mal gemerkt, wie wichtig mir durus bereits war und wie sehr es ein Teil von mir geworden war. Mir war das immer egal, ob ich den Imam verstehe. Warum auch? Ich hatte doch sozusagen meinen eigenen Sheik. Ich hatte jeden Tag deutsche Vorträge gehört und durfte Fragen stellen und bekam sie auch beantwortet. Ich war total traurig über meine Situation und hab viel geweint in dieser Zeit. Nach Woche vier hab ich meinen Mann gefragt, ob er einverstanden ist, dass ich eine deutschsprachige Moschee besuche. Er sagte, es wäre okay. Er hat mir sowieso nie erklären können, was der Imam in seiner Moschee bei der Chutbah sagt.

Aber ich wollte die Zeit bei durus nicht einfach so verlassen und vergessen und schrieb eine Mail.

Ich sagte, dass ich sehr traurig bin über die Situation jetzt und verabschiedetet mich mit Dank für die Zeit, die ich mit durus verbringen durfte. Zwei Tage später oder noch kürzer hatte ich eine Mail und ja... ich hatte eben geschwätzt und ich sollte meine Fragen kurz fassen und mich dabei besser konzentrieren. Ich war so froh.

Ich hab zurück geschrieben: „Okay, ich besser mich und Danke. Gib Fünf!"

Alhamdullilahi.

Sheik Neil Bin Radhan hat auf seiner Homepage auch Tafsirvorträge. Ich fand das spannend und wenn man Tafsir hört, dann kommt automatisch auch immer die Sira mit vor. Ich kannte die Sira nicht und verstand daher auch nicht immer den

Vortrag.
Die Schlacht von Uhud und die medinensische Zeit und die mekkanische Zeit. Vor der Hidschra. Nach der Hidschra. Ich hab zwar verstanden, was Sheik Neil Bin Radhan gesagt hatte und verstand auch, was er erklärte. Nur die Geschichte aus der Biografie des Propheten Muhammad, Friede und Segen auf ihn, war mir unzugänglich.
Aber dem konnte man Abhilfe schaffen, denn auch darüber gab es eine Unterrichtsreihe bei durus. Ich lud mir also die 76 Vorträge runter und immer, wenn ich etwas nicht verstand, stellte ich Fragen dazu. Abu Talib war wichtig und nach der Schlacht von Badr fragte ich, ob die Mutter Muhammads, Friede und Segen auf ihn, nichts dagegen hatte, dass ihr Sohn wieder in den Krieg zog und seine Ehefrauen, ob die einverstanden waren.
Ich hab das garnicht richtig mitbekommen, dass die Mutter Muhammads, Friede und Segen auf ihn, schon starb als er sechs war. Sein Vater starb schon während der Schwangerschaft seiner Mutter.
Ich hatte viele, viele Fragen und dadurch, dass ich immer fragen durfte und Antwort bekam, hatte ich die Sira gut verstanden.

Ich wollte mir dann eine neues Thema suchen und stöberte in Youtube. Auf Youtube war Werbung für ein Sirabuch, das auch für die Vortrage verwendet worden sein sollte.

„Muhammad, Die faszinierende Lebensgeschichte des letzten Propheten"

Ich wollte das Buch lesen und fragte, ob das Buch gut wäre und authentisch. Sheik Neil Bin Radhan bestätigte mir das, sagte aber, er würde es auch noch mal prüfen wollen.

So hab ich mir das Buch gekauft. Ich fragte, ob, wenn ich es lese, ich ihm Fragen stellen dürfte darüber. Er sagte „Ja".

Dieses Buch hat mich irgendwie bei den Ohren gepackt und mich sehr gefesselt! Keine Gnade damit jetzt.

Wieso fängt man mit Abraham an, wenn es die Biografie Muhammads, Friede und Segen auf ihn, ist? Abu Talib. Zu viele Leute. Wer ist das alles? Dann versuchte ich Arabisch zu schreiben. Wir fanden einen Fehler. Ich hab das Buch richtig rangenommen und gefragt und gemacht und sowieso.

Als wir durch waren, bekam ich eine Idee.

Ich hab jetzt so viel Sira gemacht. Ich hab alle Vorträge gehört, ich hab Arabisch geschrieben

und etwas gelernt. Über 400 Fragen und jetzt mein Sheik : „Lass uns zocken!"
Ich wollte einen Deal. Zehn Fragen von Sheik Neil Bin Radah über die Sira. Wenn ich es nicht schaffe oder weiß, muss er mir sagen, wo ich gucken muss. Ich bin ihm auf jeden Fall eine Antwort schuldig.
Die Idee war der Hammer und genau richtig.
Auch ein Schüler muss den Lehrer mal herausfordern. Ganz normale Sache. Prüfung nennt man sowas. In diesem Fall „Die Abschluss- Sira- Prüfung!!"
Ich war viel zu schlecht. Ich wusste das. Einen Sheik Neil Bin Radhan kann ich nicht herausfordern.
Ich weiß garnicht mehr, was er geantwortet hatte. Ich glaube, er schrieb, er will sich was ausdenken. Aber der Mann, dachte ich, der zieht mich ab. Ich hatte so einen Schiss gehabt. Durus war immer lustig für mich. Es war eine sehr schöne Zeit. Ich habe viel gelernt und musste auch lernen, wie man gut fragt. Ich hatte nie Druck und immer Geduld.
Zu dieser Zeit war ich Hochschwanger. Mein kleiner Sohn war unterwegs. Ich stellte Sheikh Neil Bin Radhan die Herausforderung, als ich in

der 34 SSW war. Ich hatte drei oder vier Wochen gewartet und die ganze Zeit Angst gehabt und mich gefragt, was da wohl kommen würde, wenn da was kommt.

Aber es kam nichts.

Je näher der Geburtstermin rückte, je schwerer wurde mir alles. Mein Bauch war so dick, mein Haushalt, mein Mann, die anderen Kinder. Ich merkte, es wurde mir alles zu viel.

Und ich hatte solche Angst und einen riesen Respekt vor meinem Sheik.

Ich schrieb ihm eine Mail, dass ich abbrechen muss. Ich war einmal fast davor umzukippen deswegen. Ich entschuldigte mich und bat um Abbruch.

Der ganze Druck viel von mir ab und ich überlegte richtig jetzt.

Warum hat er es nicht gemacht? So schwer und so schlimm ist es nun auch wieder nicht. Das geht schon. Da ich nun das Buch hatte „Muhammad, die faszinierende Lebensgeschichte des letzten Propheten" und das okay damit von Sheikh Nail Bin Radhan, sagte ich mir: „Okay, dann probier ich es selbst, Fragen zu stellen."

Ich nahm mir das Buch in die Hand und immer, wenn ich etwas verstanden hatte, schrieb ich daraus eine Frage auf. Es war vormittags und ich konnte durch meinen dicken Bauch nicht lange sitzen. Ich legte mich hin in der Absicht abends weiter zu machen.

Um ca. 16:00 Uhr platze mir die Fruchtblase. Ich musste ins Krankenhaus und um 02:00 Uhr, mitten in der Nacht, am 06.05.2013, kam mein Sohn auf die Welt.

Das Abenteuer mit einem wundervollen Buch

Die Zeit danach war garnicht so einfach. Ich hatte einen kleine Lullerfreund dazu bekommen, meine drei Kinder, mein Neffe lebte zu der Zeit noch bei mir, mein Mann und mein Haushalt musste bewältigt werden.
Als ich nach Hause kam, schrieb ich eine Mail an durus. „Mein Baby ist da. Ich hab eine Idee und will jetzt aber noch nichts verraten darüber."
Die Antwort: „Herzlichen Glückwunsch und alles Gute."
Ich machte weiter. Ich las das Buch und immer, wenn ich einen Textabschnitt gut verstanden hatte, schrieb ich mir eine Frage dazu auf. Manchmal war es nachts und mein Kleiner lag in seinem Bettchen und schlief. Ich wachte neben ihm, hatte leicht das Licht an und schrieb auf Kladde meine Fragen auf. Einmal kam mein Mann rein. Er fragte: „Na, was willst Du so wissen?"
Hätte er was geschnallt, hätte er nicht so dumm gefragt. Ich glaube, der hatte nur Allahs Wohlgefallen gesucht. Nur leider war er zu ungeschickt und deplatziert dabei.
Ich sagte: „Hinweg Elendiger. Aus meinen Au-

gen, niederes Volk."

Er ging und ließ mich weiter machen.

Es zog sich alles eine ganze Weile hin. Am Ende hatte ich über hundert Fragen aus dem Buch raus gefunden. „Okay", dachte ich mir „und was ist mit der Antwort?"

Ich tippte alles ab, druckte mir es aus und las das Buch von Neuem. Ich kannte die Sira nicht gut genug, um wirklich aus dem Kopf, durch einmal Lesen, die Fragen einfach so beantworten zu können. Alles war normal. Es ging ganz gut und ich arbeite ziemlich entspannt.

Dann wurde die Entspannung zur Verwunderung. Ich musste innehalten, als ich die Antwort auf die Frage formulierte.

Die Frage lautete: „Was war der Inhalt der ersten Offenbarung?

Die Antwort: *„Lies im Namen Deines Herrn. Der erschaffen hat, den Menschen erschaffen hat aus einem Anhängsel. Lies, und dein Herr ist der Edelste. Der (das Schreiben) mit dem Schreibrohr gelehrt hat, den Menschen gelehrt hat, was er nicht wusste."*

Es waren die ersten fünf Verse der Sura al Alaq. Ich war erstaunt und total überwältigt. Es hatte sich so angefühlt, als ob ich selbst eine Offenbarung erhalten hatte.

Ich las und schrieb. Immer, nach dem ich zu einer Frage die Antwort gefunden hatte, schrieb ich die Antwort nieder. Bis zum Ende.

Es zog sich alles sehr lange hin. Manchmal musste ich drei Tage warten, um weiter schreiben zu können. Ich hatte zu viel Drumherum. Dann, am 6 Ramadan 2013, war ich fertig. Ich wollte alles nach Heilbronn schicken. Nur leider, wie ich so war, war ich zu aufgeregt. Ich hatte die falsche Adresse auf den Brief geschrieben. Ich schrieb Offenbach drauf, anstatt Heilbronn. Zuvor hatte ich eine E-Mail an durus geschickt und Bescheid gesagt, dass ich Post schicke von mir, um auch sicher zu gehen, dass, wenn da was kommt, sie wüssten, dass die Post von mir wäre. Ich dachte, die in Heilbronn ignorieren mich wieder. Dem war aber nicht so.

Die Post kam zurück und ich schickte alles noch einmal nach Heilbronn. Nur diesmal wirklich.

Ich legte einen Zettel mit rein und bat Sheikh Neil Bin Radhan mir meine Arbeit nachzugucken, ob ich alles richtig gemacht hatte. Ich bekam keine Antwort.

Nach einiger Zeit hakte ich nach und fragte, ob alles gut angekommen wäre.

Ich bekam zu Antwort: „Ja, Danke. Wir haben Deinen Brief erhalten, aber keine Zeit dafür!"
Ich war sehr traurig. Ich hatte mir so viel Mühe gegeben. Ich hab das Problem nicht verstanden. Sheikh Neil Bin Radhan hat einen sehr hohen Bildungsgrad. Er muss wissen, wie viel Arbeit so was macht. Ich wusste auch, dass ein Mann wie er, so etwas in fünf Minuten durch hat. Aber er hat keine Zeit für so etwas?
Ich habe meine Arbeit nie wieder gekriegt. Ich musste alles noch mal machen. Die Arbeit hatte mir sehr viel Freude gemacht. Zu keiner Zeit war es anstrengend. Es war immer sehr spannend und auch fühlte ich mich sehr wohl dabei. Ich hab keine Ahnung, warum er so reagiert hatte.
Ich war traurig. Ich war entsetzt. Ich war am Boden zerstört.
Während der ganzen Zeit, in der ich das Buch „Muhammad, Die faszinierende Lebensgeschichte des letzten Propheten" am Wickel hatte und Fragen damit bearbeitete mit Sheikh Neil Bin Radhan, fragte er mich oft, warum ich nicht den Autor des Buches kontaktiere. Dann wäre ich an der ersten Hand. Ich sah nie die Notwendigkeit dazu.
Bücher gibt es wie Sand am Meer. Kein Mensch

braucht den Autor, wenn das Buch im Laden liegt. Wozu?

Die Situation hatte sich aber jetzt so verändert, dass es an der Zeit war mit durus zu brechen. Ich fand das Verhalten von Sheikh Neil Bin Radhan nicht korrekt. Wenn er schon keine Zeit für so etwas hat, dann sollte er wenigsten den Anstand haben, die Arbeit mir zurück zu schicken. Noch nicht mal das hatte er. Anstand.

Es musste weiter gehen und ich brauchte ein Lösung. Mir gefiel meine Arbeit und auch wenn ein Sheikh Neil Bin Radhan sich dafür keine Plage an den Hals hängen wollte. Ich schon.

Ich schaute auf das Cover und las Jotiar Bamarni.

Wo und wie krieg ich den jetzt an Land gezogen?

Ich schrieb ein Mail an ihn, bekam aber keine Antwort. Wie auch, wenn man Ba**r**mani schreibt? Diesen Fehler hatte ich aber erst später herausgefunden. Ich kam auf Facebook. Gab den Namen Jotiar Bamarni ein und siehe da: Jotiar Bamarni gab es auf Facebook. Ich schrieb ihm eine Freundschaftsanfrage.

Ich war erstaunt, wie einfach es war, von ihm angenommen zu werden. Ich schrieb ihm eine

Nachricht: „Salam alaikum, Herr Bamarni. Ich habe da mal etwas vorzustellen."
Und dann beamte ich alle meine 120 Fragen in das Feld. Das war was. Eine ganz schön lange Latte. Mondän. Nicht lange danach bekam ich eine Antwort und wir kamen ins Gespräch.
Jotiar hat mich auch gesiezt. Ich war total geschockt und konnte es nicht glauben. Ich kam mit dem größten Respekt zu ihm und wollte ihm das mit dem Sie auch deutlich machen.
Aber das ging nicht, da er mich auch siezte.
Kapitulation. Drei Sätze und Du war das Beste.
Wir kamen ins Schwätzen und unterhielten uns über alles Mögliche. In den Gesprächen kamen wir auf die Idee, noch mehr Fragen zu finden. Auch Fragen, bei denen man Aya als Antwort schreiben musste. Mir fiel auf, dass in Jotiar`s Buch Muhammad, Friede und Segen auf ihn, nur sechs Kinder hatte, wo es doch sicher war, es waren sieben. Maria, Die Koptin und Ibrahim fehlten. Er sagte, er hätte das extra nicht mit rein geschrieben und er müsste da zu viel erklären. Ich sagte bzw. schrieb, wir hatten immer nur schriftlich Kontakt. „Eines Tages kommt es eh raus. Glaub mir!"
Maria, Die Koptin fehlt immer noch. Aber

schwamm drüber. Nobody ist perfect und die Sira ist groß. Es gibt an die 20000 Sahaba. Man kann niemals alles erzählen in einem Siraroman.
Am Ende hatten wir 203 Fragen gefunden zu dem Buch.
An einem Tag sagte er zu mir: „Guck mal bitte ganz hinten ins Buch und les Dir die Dankesrede durch."
Ich schlug das Buch ganz hinten auf und las da unter ganz viel unbekannten Namen auch den Namen von Sheikh Neil Bin Radhan. Mein lieber, guter, allerbester Meister-Boss-Sheikh stand auch hinten dabei. Oh mein Gott.
Ich hatte das Buch so dermaßen durch die Mangel genommen, aber das hatte ich nie gelesen. Wozu auch? Die Namen da und sowas überhaupt, ist immer persönlich. Das ist sehr nett von dem Autor und eine Ehre für den, der da drin steht, aber wissen braucht das kein Leser.
Ich war so geschockt und hab mich geschämt. Sheikh Neil Bin Radhan und Jotiar Bamarni kennen sich persönlich. Ich sagte zu Jotiar: „Die Namen nützen mir nichts ohne Adresse und wer ist das da?
Wieder ein neuer Shame.
Ich hab mich so elendig schlecht gefühlt und im-

mer geweint. Aber ich habe die Beichte abgelegt und Jotiar war mir alhamdulliha nicht böse.

Als ich damals meine ARBEIT, ja ARBEIT, von Sheikh Neil Bin Radhan nicht wieder bekam, machten sich Fragen in mir breit: „Was macht so ein Mann, wie Sheikh Neil Bin Radhan mit sowas? Nimmt er das als Krümelunterlage für seinen Nachmittagstee? Steckt er das in seinen Safe? Oder wühlt er das in seinem Schreibtisch irgendwo unter?"

Ich konnte mir nichts vorstellen. Denn, so wie ich Sheikh Neil Bin Radhan mir vorstelle, ist der nicht ordentlich mit Papierkram, hat aber trotzdem irgendwie alles unter Kontrolle.

„Und Allah weiß am besten Bescheid."

Ich glaube nämlich, dass mein Superimam alles Jotiar Bamarni geschickt hat, damit er sein Buch nochmal überarbeitet.

Hinten das Namensregister war neu und Madnuna war richtig geschrieben. Ich hatte versucht Arabisch zu schreiben und da stand madfuna. Das war falsch und war dann aber in der nächsten Ausgabe verbessert. Madnuna ist eines der Namen des Zamzam- Brunnen und bedeutet „Verborgener Schatz".

Wenn meine Vermutung richtig ist und es hat

sich alles wirklich so abgespielt, dann konnte Sheikh Neil Bin Radhan mir meine Arbeit auch garnicht wieder geben, weil Jotiar die hatte.
Aber nun denn. In einem Hadith heißt es: Vermutungen sind die größten Lügen!"
Deswegen streichen wir das aus diesem Protokoll metaphorisch und tun einfach so, als ob wir es nie gelesen hätten und ich nie geschrieben.
Ich hab zu dem Fragenheft eine Buchpräsentation geschrieben. Es sah so aus, dass ich die Fragen den Kapitel zugeordnet hatte und darunter noch Ayas und Hadithe schrieb zu jeweiligen Thema. Es ging um den Glauben an den einzigen Gott. Es ging um die Kaaba, um die Al Aqsa Moschee, um die Behandlung von Tieren und auch um die Hadsch.
Das Fragenheftchen hatte ich mal professionell drucken lassen, die Buchpräsentation war ein Hausdruck. Aber für beide hatte ich eine ISBN.
Ich wollte und hatte vor, die Sira von Jotiar als Lehrbuch für Sira durchzusetzten. Nur leider war der allgemeine Umgang mit dem Buch sehr desolat. Das Buch wurde einerseits verkauft und an anderer Stelle großzügig umsonst an die Bevölkerung verteilt. Jeder hatte das Buch gelobt, aber sobald es darum ging, es mal wirklich von der

Folie zu befreien, hat sich niemand arbeitswillig gezeigt. Ich hab mal nachgehakt mit dem Frageheftchen und bekam die Antwort: „Und ... gibt es da ein Lösungsheft?"

„Da gibst nicht nur ein Lösungsheft, sondern auch ein Lösungsbuch und das ist gerade in Deiner Hand. Wohl zu viel verlangt, mal lesen und schreiben in der Kooperative zu probieren!!!!"

Meine erste Prüfung

Ich hatte so ziemlich alles versucht, um das Buch von Jotiar und mir zum Erfolg zu bringen. Inzwischen war es nicht mehr nur seine Sira und mein Fragenheftchen, sondern es hatte sich sehr zusammen geschweißt und wurde zu „Meinsdeins". Das gehört zusammen und basta jetzt.

Ich schickte beides an Moscheen. Ich schickte beides an islamische Buchshops. Ich schickte beides an Unis. Niemals hatte sich auch nur irgendein Mensch bereit erklärt mir wenigstens zu sagen, dass sie keinen Bock darauf hatten und es doof fanden. Nur einmal bekam ich von einer Uni ein Schreiben, in dem stand, dass es zu anstrengend ist, immer Wer,- Wie,- Was-Fragen zu beantworten. „Na ja", dachte ich. „Und sowas sagt mir ein Uniprofessor oder was?"

Ich fand das nie schwer und langweilig auch nicht. Ganz im Gegenteil: Das war cool.

Aber bei mir war sowieso alles anders. Ich hatte diese Hammeridee einen Mann rauszufordern, dem ich sowas von nicht das Wasser reichen konnte und ich fand die Idee einfach nur krass. Mir war egal, ob ich das konnte und ob das funktioniert. Ich mach das jetzt und fertig.

Aber selbst wenn man das Wort „Frustrationskompetenz" für sich für unmöglich hält, hat man irgendwann mal keine Lust mehr und braucht eine andere Aussicht.

Ich wollte mich unabhängig machen und baute mir eine Homepage auf unter dem Namen www.assira-verlag.de. Ich nahm ein Banner von dem Buch von Jotiar für die Homepage und fing an, die Geschichte anders zu bearbeiten. Es kamen Register, wie die Chronologie des Propheten und das Kailfat.

Und apropos Kalifat!!! Ich hatte Sheikh Neil Bin Radhan mal darum gebeten, das Kalifat dranzunehmen als Folgeunterricht nach der Sira. Das ist immer noch nicht erledigt. Warum?

Die Ära der islamischen Frühgeschichte endet nicht nach dem Tode Muhammads, Friede und Segen auf ihn. Da ging es noch weiter und die Zeit ist nicht unwichtig.

Dann schrieb ich etwas über die Kinder und Ehefrauen des Propheten. Und auch Filme zum Thema Quran und Sira verlinkte ich mit Youtube. Da kam eine ganze Menge und Assira-Verlag ist schon richtig groß geworden über die zwei Jahre jetzt. Wir haben 2017.

Im Januar 2015 hab ich die Homepage aufgemacht.

Bei den Kontaktaufnahmen kam ich auch auf den VIBE-Verlag. Ich rief da an und sprach mit Amina. Amina und ihr Mann sind der Boss von dem Verlag.

Ich stellte ihr mein Anliegen vor und dann fragte sie mich nach dem Autor des Siraromans.

Ich sagte der Autor heißt Jotiar Bamarni. Amina fiel sofort aus allen Wolken und konnte nicht mehr anhalten. „Jotiar dies, Jotiar das und Jotiar hat so und so". Ich fand das unmöglich. Sowas macht man nicht. Wenn man mit jemandem ein Problem hat, dann macht man es mit dem ab, der auch der Verwalter ist und nicht mit mir. Was hab ich damit zu tun?

Amina behauptete unter anderem, dass Jotiar von ihr Text geklaut hatte.

Ich kenne die Sira von Jotiar wie meine Hosentasche. Ich weiß, was da drin steht und ihre Sira kannte ich auch. Wo denn bitte schön?

Ich bekam keine Antwort und wusste nicht, was sie meinte.

Alles ging hin und her und irgendwie ist sie wieder runter gekommen. Amina ist eine sehr hitzige Frau.

Da ich nun ihr Buch gelesen hatte, hatte ich auch

eine Sira geschrieben. Ich wollte, dass sie mir hilft, weil ich mich sprachlich nicht so gut fand und da die Sira von ihr so schön gefühlvoll geschrieben war, dachte ich, sie könnte mir vielleicht helfen, besser zu werden.
Sie sagte, sie würde sich meine Sira gerne anschauen und ich schickte ihr das Skript zu.
In dem Buch „Muhammad und der Ruf des Himmels" stand ein Satz, der mich animierte ihr Buch mir doch etwas genauer anzuschauen. „Sollte trotz aller Sorgfalt ein Fehler stehen geblieben sein, freuen wir uns über Ihre Rückmeldung." Ich dachte, ihre Sira hat nur 23 Seiten weniger als die von Jotiar, also muss sie auch kompetenzgleich sein.
Ich nahm mir meine 203 Fragen zur Hand und guckte, ob ich da auch die Antworten drin finde.
Aber weit gefehlt. Ich bin mit der Wahrheit sehr großzügig und will sie niemanden vorenthalten, deswegen mal so kurz über den Daumen:
Ich fand einen derben Chronologiefehler:
Das Jahr des Elefanten fehlt.
582 n. Chr. Die Reise mit Abu Talib nach Bosra, 605 n.Chr. Die Überschwemmung an der Kaaba, 595 n.Chr. Die Heirat mit Chadidscha und danach die erste Offenbarung (610 n.Chr.).

Der Vertrag von Medina fand nur mit einem beiläufigen Satz statt, der Vertrag von Hudaibiya war weniger als angedeutet. Das ganze Buch war sowas von eine Katastrophe. Ich weiß nicht, ob das Wort schlecht dafür überhaupt gerechtfertigt ist.

Und aus dem Buch soll Jotiar Inhalte übernommen haben? Jotiar Bamarni, der Siraboss. Nee niemals.

Ich hab ihr die Prüfergebnisse geschickt und danach hatte sie keinen Bock mehr, meine Sira weiter zu kontrollieren. Warum hab ich nicht verstanden. Na ja!!!!

Sie gehörte aber zu den Personen, die mir die Sira von Jotiar und mein Fragenheftchen zurück geschickt haben. Danke. Ich fand das sehr nett von ihr.

Zwischenzeitlich hatte ich mal wieder den Namen Jotiar Bamarni bei Google eingegeben. Ich bekam ein Schock: Salim Spohr beschuldigte meinen Jotiar bei seiner Sira abgeschrieben zu haben. Ich war sowas von sauer. Wieder so eine Geschichte.

Wenn er ein Problem hat, dann soll er das mit ihm abmachen. Wieso muss das die Welt wissen?

Dieser Salim Spohr wollte Geld verdienen, in dem er die Leute zur Kasse bat, die mit Jotiars Buch gearbeitet hatten. Armut ist das. Nichts weiter als Armut. Ich schrieb ihm auf seine Seite, er soll in eine Gärtnerei gehen und da Unkraut jäten. Weil „DAS ist rechtschaffene Arbeit".
Salim Spohr besuchte daraufhin meine Homepage und gab mir noch etwas Zeit, damit ich mir überlege aufzuhören mit Jotiars Sira zu arbeiten.
„Danke für die Zeit Salim Spohr" ✌
Ich hab alles Jotiar erzählt und der fand das auch nicht lustig. Aber so what. Weiter geht`s.

Ich kannte die Antworten aus meinem Fragenheftchen bereits auswendig und wollte eine eigene Sira haben. Ich beschloss meine Fragen zur Hand zu nehmen und schrieb die Geschichte nach den Antworten zurück. Alles muss wieder rein.
Mahmud der Elefant. Das Jahr der Elefanten. Amina. Abdullah. Abul- Mutalib. Es galt 203 Antworten, die als Frage formuliert waren, zu einer Geschichte zusammenzufassen. Das ging schon. Ich hatte es geschafft. „Meine kleine Sira".
Irgendwann kam eine E- Mail von dem Anwalt

von Salim Spohr. Er gab mir 7 Tage, um mit der Sira Schluss zu machen. Dieser .... wollte von mir wissen, wie viel Geld ich mit der Sira verdient hatte. Er drohte mir mit einem gerichtlichen Verfahren, sollte ich mit der Sira weiter arbeiten. Auf dem Buch liegt eine ungeklärte Urheberrechtsverletzung. Ich war geschockt und entsetzt und traurig.

Ich hab alles Jotiar erzählt und er hat mir gesagt, ich soll das machen, was jetzt das Beste wäre und womit ich mich am ehesten mit wohl fühle. Wir waren sehr traurig und Jotiar .... Alles war aus.

Ich wartete bis zum letzten Augenblick meines Ultimatums und entfernte alle Inhalte, die auf das Buch zurück zu führen waren.

Alles war aus. Alles war weg. Das, was übrig blieb, war ein Trümmerhaufen voller Träume und unerfüllter Wünsche. Mein Fragenheftchen wurde unbrauchbar. Die Buchpräsentation konnte man nicht mehr verwenden. Unsere Sira verschwand danach auch aus allen Shops und die Sira darf auch nicht mehr verteilt werden. Eigentlich.

Schade. Es lag nie Glück darauf auf der Sira.

Ein neuer Weg gab Besserung

Ich musste wieder von Neuem beginnen. Ich überlegte eine Weile und dann kam ich auf die Idee meine Sira mit den Fragen zu verbinden. Das ging.
Der Ursprung meiner Sira war die Antworten aus dem Fragenheftchen. Ich baute alles so zusammen, dass es passte und hatte mein Arbeitsbuch fertig.
Ich wollte dem Mist, den Salim Spohr erzählte nachgehen und kaufte mir unter Widerwillen das Buch „Das Leben des Propheten" von Ibn Ishaq. Auch hier lag die Grundlage für die Prüfung in meinen 203 Fragen, die ich über Jotiar`s Sira ermittelt hatte.
Auch dieses Buch war zu schlecht.
Prinzipiell hatte es den gleichen Fehlerindex wie die Sira von VIBE, nur ohne Chronologiefehler.
Das Jahr des Elefanten fehlt und wird als Legende bezeichnet am Ende. Hadithe sind ohne Authentiätätsangabe eines Sahih Überlieferers. Ein Kind(er) Muhammads, Friede und Segen auf ihn, wurden als Tahir und Tayib betitelt und es so stehen gelassen. Das ist falsch so. Es ging dabei um Abdullah und Tahir und Tayib war lediglich sein

Beinname. Al Amin wurde als der Treue übersetzt. Auch das ist falsch. Es heißt „der Vertrauenswürdige" richtig.
Schon alleine das reicht, dass ich weiß, Jotiar hat das Buch niemals angefasst. Da war irgend etwas passiert, aber nicht wegen Jotiar.
Erstens: Jotiar würde niemals etwas annehmen, was nicht einhundert Prozent sicher wahr ist. Und er würde auch nie etwas in die Hand nehmen, was nicht zu 100% aus Wissen besteht. Das macht er nicht. Dafür kenn ich ihn zu gut.

Aber nun denn. Die Geschichte hatte ein Ende.
Wie sollte es weiter gehen? Irgendwie wollte ich jetzt mein Arbeitsbuch richtig machen, hatte aber nicht so recht den Plan. An einem Tag bekam ich eine E- Mail.
In dieser E- Mail stand: Salam alaikum, mein Name ist Erdinç Aydın. Ich würde Ihnen gerne mein Buch als Skript vorstellen. Vielleicht können wir es über Ihren Verlag veröffentlichen."
Ich dachte: „Oh! Wie kommt das denn?"
Aber mal her damit. Ich wollte mir seine Geschichte auf jeden Fall ansehen und bat um das Skript.
Es dauerte eine ganze Zeit und es kam nichts. Ich

fand den Satz aber sehr nett und eindeutig formuliert, dass es mir wichtig war, in jedem Fall da mal nachzuhaken, was denn los war.

Er schrieb, er wäre krank gewesen und konnte nicht gleich.

Nach einiger Zeit hatte ich das Skript in der Hand. Es war „Der reumütige Sünder" von Hamza Yusuf. Die Geschichte hat sich wahr gelesen und war wirklich sehr gut geschrieben. Sprachlich sehr gut und auch sehr ausgeschlafen. Die Geschichte eines Mannes, der absolut weiß, was er tut, aber sehr mit seinem Können und Fähigkeiten hinter dem Berg hält. Erdinç Aydın ist ein sehr gebildeter Mann.

Ich fand den Charakter sehr lustig. Erdinç Aydın und ich haben sehr lange Sie zueinander gesagt. Ich weiß nicht warum. Ich wollte ihn immer mal fragen, ob er nicht anders auch einverstanden wäre. Also, dass wir uns Duzen. Ich hab mich aber nicht getraut ihn zu fragen. Irgendwann löste sich der Knoten alleine und ich war sehr froh. Und es kam sogar von ihm aus.

Ich hätte nie gedacht, dass ich schaffen würde aus dem Skript tatsächlich ein Buch zu machen. Ich war viel zu schlecht in Deutsch und man konnte an der Art, wie der Text geschrieben war, sehr gut erkennen, dass dieser Autor ‚Erdinç Aydın, ein gutes Gefühl für Regeln und Sprache besitzt. Er steht weit über meinem Können.

Mich hat es sehr gewundert, dass er mich überhaupt mit seinem Text hatte arbeiten lassen.

Er erzählte mir auch etwas von anderen Verlagen und daher dachte ich, er wollte von mir weg. Ich weiß nicht, ob er es wirklich ernsthaft versucht hatte. Ich hab nie nachgefragt.

Wir haben eine ganze Weile daran rumgebastelt und wurden dann damit zufrieden. Ich hab gedacht, ich schaff das Cover nicht. Ich hab gedacht, ich schaff den Buchblock nicht. Ich hab gedacht, ich würde keinen Partner für die Veröffentlichung finden.

Ich schaff das nicht. Ich kann das nicht und warum überhaupt ich?

Dadurch, dass wir immer weiter gemacht haben und er mich nicht fahren gelassen hat, hab ich es doch geschafft.

„Der reumütige Sünder" von Hamza Yusuf wurde mein erstes richtiges Buch. Allerdings musste ich noch dreimal nacharbeiten, weil ich auf dem Buchrücken den Titel vergessen hatte und dann noch einmal, weil noch zu viele Fehler im Text waren.

Erdinç Aydın hat mich nie fahren lassen.

Ich hab das Buch sogar umgeschrieben danach. Das Buch ging von N. auf ich. N. in der dritten Person. Die erste Hälfte war in Vergangenheit, die letzte Hälfte schrieb ich um in die Gegenwart. Dass Erdinç Aydın mir das überhaupt erlaubt hatte, wunderte mich.

Ich glaube mit ihm hab ich richtig Deutsch gelernt.

Überhaupt wurde alles anders.

Aus „Der reumütige Sünder" wurde „Ich will mein Leben zurück". Erdinç Aydın erzählt seine Geschichte nicht nur, wie sie wirklich war, sondern auch so, wie Männer wirklich sind. Und nicht nur das. Das neue Buch wurde auch wie er: sehr attraktiv.

Ich hab schon oft gesehen, dass Männer eine Zeit im Leben haben, in der sie sich auf die Suche machen, um das Limit des Machbaren zu schaffen. Erdinç Aydın hat so ziemlich alles erledigt, wovon jeder Mann träumt, es zu tun. Aber nur in die verkehrte Richtung.

Seine Geschichte ist beispielhaft für „Wenn ein Mann die richtige Frau hat, dann wird alles anders". Genau in dem Moment werden Männer plötzlich rücksichtsvoll, liebevoll, verantwor-

tungsbewusst und rechtschaffen.
Und er ist ein Räuber. Es ist so als ob er verschmitzt um die Ecke guckt, sich nicht richtig traut und weiß, dass er was angestellt hat. Genau an diesem Punkt fragt er: „Ob sie mich noch liebt?" Damit meinte er seine Frau. Ich fand das sehr süß und mir zu mindestens, zog es den Boden unter den Füßen weg.

Da ich nun wusste, wie ich es anfangen musste, brachte ich meine Bücher auch mit raus.
Meine Sira, zwei Arbeitsbücher und so weiter.
Ich habe bis heute elf Bücher rausgebracht und konnte sogar einer Schwester helfen.
Es hat sich alles gebessert. Langsam kommen auch Zahlen. Meine Buchführung wird übersichtlicher. Ich hätte das nie gedacht.
Manchmal denke ich, man muss erst einmal alles verlieren, woran man sehr hängt, damit es vernünftig wird. Meine Geschichte hängt mit vier Männern zusammen, die ich nie in meinem Leben gesehen habe. Ich hab mich immer nur geschrieben.
Man wird sich wundern, warum mein Mann niemals in meiner Geschichte vorkommt.
Er kommt nicht darin vor, weil er nie etwas da-

mit zu tun hatte. Er weiß von alledem garnichts.

Aber ich möchte nicht vergessen mich zu bedanken.
Ich bedanke mich bei Bruder Baschschar für seine unendliche Geduld, mir den Islam zu erklären.
Ich bedanke mich bei Sheikh Neil Bin Radhan. Hätte er mir meine Arbeit einfach so nachgeguckt, hätte es das, was es heute ist, wohl nie gegeben. Ich bedanke mich bei Jotiar Bamarni und seine Unterstützung bei der Sira. Er war mir ein guter Lehrer und sehr lieber Freund. Und ich bedanke mich bei Erdinç Aydın. Durch ihn wurde alles Unmögliche erst richtig. Inzwischen ist er mir ein sehr lieber Freund geworden, auf den ich nicht mehr verzichten möchte.
Wie die Geschichte weiter geht, dass weiß Gott.
Aber ich hoffe für mich, nicht immer alleine bleiben zu müssen mit all dem.
Inschallah wird alles doch mal anders. Nur wie... da hab ich keine Vorstellung von.

Bitte besuchen Sie auch die
Homepage des Verlages
www.assira-verlag.de